路傍の木々
俳句集

鶴見泰山
TSURUMI TAIZAN

幻冬舎MC

路傍の木々　俳句集

はじめに

七〇歳から七三歳の半ばに至るまで、五回の大手術を受けた。腹部大動脈瘤置換、腎臓摘出(左)、大腿骨頸部骨折、腎移植、胸部上行大動脈瘤置換、何れも絶対安静を伴い、入院やリハビリも長期に及んだ。

五回目の手術を終えた頃、これからの人生はおまけ、と思うようになった。それじゃ貴重なおまけで何をすべきか? 否、何が出来るのか? しばらくして思いついたのが、毎日使っている日本語の「世界最短の文学」俳句と手元にある登山記録を使って何かやってみよう。できれば世の中に訴えられる何かを。

しばらくして第一部で用いた「テーマ連句」という概念が頭に浮かんだ。名山登山という一つのテーマで幾つかの俳句をつなぎ、テーマ全体を記録的、継続的、経時的に表現する。テーマの最後には、「印象」、「筆者の思うところ」等で締める。

季語はどうする? 平地と高地では季節感が全く違う。そうだ、登山日を季語にしよう。そうすることによって、多用せざるを得ない固有名詞を句に取り込むスペースが取れる、という副次的な効果が得られる。

第一部、第二部共に固有名詞を積極的に使っている。しかし、固有名詞は残念ながら岳人や地域に関係する人以外にはピンと来ない。つまり広く共感を得られない。そこで「解説」を付けてその欠点をカバーした。

俳句の面白さは謎解きにある、とは宮坂静生《みやさかしずお》先生著「俳句鑑賞一二〇〇句を楽しむ」の「はじめに」の言葉だ。俳句は謎（一読では理解不能な謎、言葉と言葉の関係の謎、謎に惹かれる、詠むほどにわくわく楽しくなる謎、詠まれた当時と現代を比べ穿ちやおかしみの謎）を解くことが大いなる楽しみの一つとおっしゃる。

確かに、謎を込めた俳句は興味があるし楽しいが、そんな厳しい目で筆者の句集をみないでいただきたい。

いっそ登山や山名、地名等、よく知らないことを謎の一つに考えてもらうとありがたい。なお「テーマ連句」は登山だけではなく、旅行、調査、自分史の一幕、趣味、何かの思い出、その他のテーマを持つものに応用していただきたい。

最後に、本書の読み方についてあらかじめお断りしておきたい。

俳句で、してはいけないと言われていることについて。

一、過去を詠むな▼第一部では、過去の登山記録に基づいて発句している。
二、時間と場所等を詠まない▼第一部、第二部共に、重要と思われるものは詠み込んだ。
三、答えを詠むな▼第一部、第二部は、発句では詠んでない。しかし「解説」を付けて、答えやそのヒントを与えている。
四、報告、状況説明するな▼テーマ連句は表現上状況説明を詠み込む場合があるが、できるだけ解説に含めた。
五、動詞を多用するな▼第一部、第二部共に十分配慮した。

第一部、第二部は俳句作品、そのあとに各句の解説集を載せた。

世の中、真似るのが難しい洗練された、独創的な、奥深い俳句の天下である。しかし考えてみれば、江戸中期から明治の俳句最盛期と現代を比較すれば、ずいぶん環境が変わった。我々は人工物に取り囲まれている。詩情溢れた環境は探さねば、ない。そこに本物の俳句は生まれるのだろうか？

そう思いながら私はこの作品を書き上げた。一種の開き直りかもしれないけど。

目次

本書の読み方

この本は第一部と第二部で成っている。

第一部は名山登山のツアーをテーマにした「テーマ連句」である。これは筆者が造語したもので、俳句に記録的、継続的、経時的な要素を加えてみた。

テーマ連句は登山だけではなく、広く旅行、調査、自分史の一幕、趣味、何かの思い出、その他のテーマを持つものに応用していただきたい。

第二部は普通の俳句集として、読んで欲しい。


次に第一部の約束事をお読みいただきたい。

第一部の約束事

テーマ連句とは、一つのテーマに対し作者が幾つかの俳句をつなぎテーマ全体を記録的、継続的、経時的に表現するものである。今回は比較的一般的に知られている名山を取り上げた。

そこで季語は登山日とする。旅行日、調査日、自分史あるいは趣味上の年月日も同様に扱う。テーマに必要な固有名詞は積極的に用いる。

山名や地名、登山の専門用語をよく知らないことを謎の一つに考えてもらうと、ありがたい。他の取り決めは、俳句と同じ。

第一部

人生は高嶺《たかね》頂《いただき》ゐるごとし

泰山

第一部

名山で俳句ing

富士山《ふじさん》登山日：二〇〇〇年七月二十二日、他計三回登頂

2-12-1
百景はここにあるなり富士のやま

2-13-2
頂へ一歩いつぽの富士のやま

2-14-3
雨は下雷《らい》は横より襲ひくる

2-15-4

剣ケ峰のぼらざるとも富士は富士

両神山《りやうがみさん》登山日：二〇一〇年四月二十四日

2-28

両神山《りやうがみ》や難所をさけるすべありや

筑波山《つくばさん》登山日：二〇〇七年四月二十八日、他計三回登頂

低山とあなづるなかれ蝦蟇《がま》油《あぶら》

2-68

天城《あまぎ》山《さん》登山日：二〇一一年四月二十九日

背くらべ 二郎三郎天城山

2-37

赤城山《あかぎやま》登山日：二〇一二年四月一日

2-75-1
ゆきげしょう赤城の山も今宵限り

2-76-2
雪原と雪庇《せっぴ》しづもる駒ケ岳

大《だい》菩《ぼ》薩嶺《さつれい》登山日：二〇〇九年五月二日

上《かみ》よりも中《なか》の峠の富士見かな

2-74

焼岳《やけだけ》登山日：二〇一三年五月二十三～二十四日

2-90-1
中の湯で道をたがへて国またぐ

2-91-2
さくごしの羚羊《カモシカ》あらぶ青《あお》葉《ば》闇《やみ》

2-92-3
人に問ひやうやう見つけ登山口

2-93-4

硬き雪水路をふまば雪倒れ

2-94-5

焼岳の裾《すそ》をかくすや下堀沢

2-95-6

噴気上げ息も上がるや雪急坂《せっきふはん》

2-96-7

いくつもの噴気めぐりて北の峰

2-97-8

くりかへす友の転倒場所えらぶ

2-98-9

吾《われ》滑落雪の足場をふみぬきて

2-99-10

山小屋を越えて滑落二度目なり

2-100-11

轟音《がうおん》や杖をへし折り笹の原

2-101-12

我が身なり破れ洋袴《パンツ》の敗残者

2-102-13

直行のバスを逃《のが》すも上《うは》の空

2-103-14

わりなしや経由地かへて在来線

磐梯山《ばんだいさん》登山日：二〇一二年五月二十七日

2-150-1
山開き最長進路《コース》なにゆゑに

2-151-2
えんしよなか滑雪場《ゲレンデ》あがりぬれ汗衫《かざみ》

2-152-3
吾《わ》れが最後尾《ビリ》いつもそうだと老いぽつり

2-77-4

今もなほ櫛《くし》ケ《が》峰《みね》は生きてゐる

2-78-5

今むかし富士より高し古磐梯

2-79-6

櫛ケ峰岳人ころび岩ころぶ

安達太良山《あだたらやま》登山日：二〇〇八年六月一日

2-70-1
安達太良《あだたら》山にあるといふなりほんとの空

2-71-2
乳首《ちちくび》下《お》り沼ノ平《ぬまのたいら》の爆裂火口

2-72-3
わすれざるどでかい穴の硫黄臭

2-73-4

風猛《たけ》り帽子《シャッポー》おさへ牛の背に

男体山《なんたいさん》登山日：二〇一〇年六月三日、他

2-29

男体《なんたい》山は男にきびし二度はばむ

2-50-12

山頂や男体で知りし友とあふ

皇海山《すかいさん》・上州《じやうしう》武尊山《ほたかやま》登山日：二〇一三年六月十五～十六日

2-58-1

皇海山みどりの海を泳ぎきる

2-59-2

武尊山おぼゆ花こそ舞鶴草《マヒヅルソウ》

2-60-3

前武尊《まえほたか》日本武尊《やまとたける》の像に礼

2-61-4

武尊の背三ツ池《みいけ》大雪田《せつでん》かくしをり

2-62-5

手強《てごは》いぞくさりはしごの大渋滞

2-63-6

泥まみれ過ぎて若葉の岳樺《ダケカンバ》

蓼科山《たてしなやま》登山日：二〇一〇年六月十六日

2-80-1

濃霧《ガス》烈風《れつぷう》濃いめに化粧蓼科山

2-81-2

蛙《かへる》石《いし》唐松《カラマツ》水楢《ミヅナラ》帰り道

金峰山《きんぷさん》登山日：二〇〇九年六月二十日

五丈岩《ごぢやういは》はばむ体重足のがる

2-21

燧岳《ひうちがたけ》・尾瀬《おぜ》ヶ《が》原《はら》登山日：二〇一四年六月下旬頃　正確な登山日は不明

2-126-1

尾瀬御池《おいけ》天気くずる、気配して

2-127-2

綿菅《ワタスゲ》の海をわたるや平泳ぎ

2-128-3

最高峰と思はば思へ俎《まないた》ぞ

2-129-4

かきくもり天が泣きわぶ俎嵓《まないたぐら》

2-130-5

雷《らい》ばりばり傘をなですてなでつ窪《くぼ》

2-131-6

沼尻《ぬまじり》や麦酒《ビール》片手に夏を干す

2-132-7

所長言ふいかにもいかにも泊まる宿

2-133-8

夏空に尾瀬ケ原をふたまたぎ

2-134-9

木道《もくだう》と池塘《ちとう》織りなすすだれ呉《く》れ

2-140-10

溽暑《じよくしよ》なる山《やま》の鼻《はな》までながき木道《みち》

2-141-11

うそになく鳩待峠《はとまちたうげ》誰《たれ》が待つ

常念岳《じやうねんだけ》登山日：二〇一二年七月十四～十五日

2-82-1
雪解水《ゆきげみづ》常念《じやうねん》岳つもり涙《なだ》そうそう

2-83-2
雨烈風この身をとばす常念ぞ

2-84-3
常念の先をあきらめ下る無念

白山《はくさん》・三方岩岳《さんぱういはだけ》登山日：二〇一一年七月十六〜十八日

2-38-1
三方岩岳《さんぱういは》浅葱《アサギ》斑《マダラ》の夏ふはり

2-39-2
御前峰《ごぜんがみね》池を散らせて火砕流《くわさいりう》

2-143-3
閑《しづか》さや緑玉《りよくぎよく》の池忍ぶ声

2-144-4

黒百合《クロユリ》の室堂平《むろだうだひら》呪い満つ

2-145-5

いくつ見ゆ展望歩道の諸名山

2-146-6

白水湖伊吹虎ノ尾《イブキトラノヲ》穂でかくし

2-147-7

短休息歩はばさだめし友の妻

甲斐駒ヶ岳《かひこまがたけ》登山日：二〇〇八年七月十八～二十日

いくそたび甲斐駒《かひこま》ケ岳山頂にらみつけ

2-16

塩見岳《しほみだけ》登山日：二〇一二年七月二十七～二十九日

2-85-1
夏痩《なつや》せて三伏峠《さんぷくたうげ》まづ一服

2-86-2
山小屋のまぢかでまどひ岩寝かな

2-87-3
人の荷をかつぎ滑落聞く涙

伊吹山《いぶきさん》登山日：二〇〇八年七月二十七日

2-17-1
あらしぐも伊吹虎ノ尾《イブキトラノオ》踏まぬのに

2-18-2
駆けつけて弥勒《みろく》に参拝はしる小屋

2-30

奥穂高岳《おくほたかだけ》・涸沢岳《からさわ》登山日：二〇一〇年七月三十日～八月一日

また落とすらーく母《ママ》さん奥穂高岳《おくほたか》

上高地《かみかうち》訪問日：二〇〇九年八月二日他

上高地やまの神さま集う処《とこ》

2-124

槍ヶ岳《やりがたけ》登山日：二〇〇九年八月二一〜四日

2-7-1
あきの雲つらぬく槍ぞここにあり

2-8-2
大喰岳《おほばみ》下《か》小梅蕙草《コバイケイサウ》群れ戦《そよ》ぐ

2-9-3
槍セール六畳一間崖のうへ

2-10-4

槍の下《した》友は空とび杖《つゑ》折《を》れ伏す

2-11-5

槍開山ばんりゅうくつにてなむあみだ

北岳《きただけ》・間ノ岳《あひのだけ》縦走登山日：二〇一〇年八月五～七日

2-31-1
北岳や雪下《せつか》おくれの北岳草《キタダケサウ》

2-32-2
花のみち天空のみち崖《がけ》つ淵《ふち》

2-33-3
雷鳥《ライテウ》と長元坊《チヤウゲンバウ》に白鼬《オコジヨ》かな

2-34-4

崖際《がけぎは》の岩《イハ》桔《ギ》梗《キヤウ》こそあやしけれ

立山《たてやま》・劔岳《つるぎだけ》縦走登山日：二〇一一年八月十二～十五日

2-40-1

お祓堂《はらひどう》ご利益ありと後で識《し》る

2-125-2

神ちかしこゑまできこゆお祓堂

2-41-3

みちすがら大汝山《おほなんぢやま》みすぐして

2-42-4

秋いろの岩桔梗《イハギキョウ》内蔵助《くらのすけ》

2-43-5

別山《べっさん》の手前の急登《きふと》で肩すくむ

2-44-6

劔岳磐《いは》の壁にも道があり

2-45-7

待てやめよ疲れ寝不足つるぎだけ

2-46-8

我ときてやすめや百服一服《いっぷく》劔《つるぎ》

2-47-9

峡谷の三《さん》途《づ》をわたるさるはしご

2-48-10

垂壁《たれかべ》に蟹《カニ》ノ縦《タテ》這《バ》ひ三点支持

2-49-11

絶景や富山湾までしたがひて

2-51-13

足に活《かつ》蟹《カニ》ノ《ノ》横《ヨコ》這《バ》ひはなす胴

2-52-14

腰《こし》綱《ザイル》仔犬のごとくつられ下り

2-53-15

わりなしや仲間のさりし劔澤

2-54-16

四時発《た》つや満月つれて劔《つるぎ》御前《ごぜん》

2-55-17

雷鳥沢骨折りつすは心折れ

2-56-18

予定した八時十五分まにあふや

2-57-19

いざのらむ仲間と再会したる汗

剣山《つるぎさん》・石鎚山《いしづちさん》・大山《だいせん》登山日：二〇一三年八月十四～十七日

2-104-1

秋茂る深山隈笹《ミヤマクマザサ》剣山

2-105-2

何処《どこ》かあるソロモンアーク鶴亀山《つるぎさん》

2-106-3

石鎚《いしづち》山は第二腰掛《ベンチ》けでのぞみたし

2-107-4

鎖場やわきめわきみち弥山《みせん》かな

2-108-5

天狗岳《てんぐだけ》 肝冷しつつゆくところ

2-109-6

大山の夏山進路《コース》や芽花椰菜《ブロッコリ》

2-110-7

ほつとする展望あつめて六合目

2-111-8

てつぺんに段々寝そべり二度ごろ寝

2-112-9

つづら道がたごと水車かざぐるま

白馬岳登山日：二〇一〇年九月三～五日

2-35-1

白馬《しろうま》や大雪渓のらーくあと

2-36-2

客ひとり激流の轟《がう》ひとりじめ

美《うつくし》ケ原《がはら》・霧《きり》ケ《が》峰《みね》登山日：二〇一三年九月七～八日

2-113-1
孫つれて美ケ原霧ケ峰

2-114-2
山の上只々ひろき青野かな

2-115-3
水たまり幾度《いくたび》か越え孫きづく

2-116-4

落としたと一声のこしゆく青野

2-117-5

孫戻る豆粒大から等身大

2-118-6

孫笑ふ手には大事な吉祥物《マスコット》

2-119-7

かねひびく美《うるは》しの塔濃霧立ち

2-120-8

霧涼し王ケ塔《おうがとう》いづこ隅つこに

2-121-9

とぼとぼとたどるかへりは戻り梅雨《つゆ》

2-122-10

おお神よ怒りしづまり待つ索道《リフト》

2-123-11

霧突風車山ごとふかれとび

丹沢山縦走登山日：二〇一一年九月九〜十日

2-64-1
塔ノ岳《たふのだけ》まぢか大鹿通せんぼ

2-65-2
八貫を秋野の歩荷《ぼつか》塔の小屋

2-66-3
緑野《りよくや》かな野苺《のいちご》あかし竜ケ馬場《りゆうがばんば》

2-67-4

いくそたび登り下りして蛭《ひる》ケ岳

木曽《きそ》の御嶽山《おんたけさん》登山日：二〇〇九年九月十二～十三日

2-22-1
鶴来たる御嶽山のごたくせん

2-23-2
軽装を諌《いさ》むる暴風雹《ひょう》に煙霧《ガス》

2-24-3
低体温小屋の風呂で黄泉《よみ》かへる

2-148-4

梁《はり》ずらり黄鉄兜《きいヘルメット》の命綱

2-25

谷川岳《たにがわだけ》登山日：二〇〇九年九月二十一日

手前奥《トマオキ》の耳寄り話に澄ます耳

乗鞍岳《のりくらだけ》登山日：二〇一二年九月二十一～二十二日

2-88-1 剣《けん》ヶ《が》峰《みね》素《そ》風《ふう》逆らふ岩雲雀《イハヒバリ》

2-89-2 ままならぬ這松《ハヒマツ》の実をや星烏《ホシガラス》

八ヶ岳《やつがたけ》赤岳登山日：二〇〇八年十月四〜五日

2-19-1

赤岳や岩陵越えたくものうへ

2-20-2

風呂つきであぶり肉《ステーキ》くらふ山の旅

鳳凰三山登山日：二〇一一年一〇月七～九日

2-1-1　漆黒《しっこく》を識《し》るや山小屋深き闇

2-2-2　蘿衣《サルヲガセ》恐竜いづる思ひして

2-3-3　グレー岩白砂《はくしゃ》の首輪薬師《やくし》ケ岳《がたけ》

2-4-4

雉《きじ》撃ちは方尖塔《オベリスク》へのおきみやげ

2-5-5

ひとひとり寝る間《ま》なくなり三山目

2-6-6

薊《アザミ》ばな白山菊《シラヤマギク》や鳥兜《トリカブト》

木《き》曽《そ》駒《こま》ヶ《が》岳《だけ》登山日：二〇〇九年十月十～十一日

2-26

木曽駒《きそこま》ヶ岳の遭難おもひうなだる、

瑞牆山《みずがきやま》登山日：二〇〇九年十一月七日

2-27

瑞牆《みづがき》山や聖《せい》なる川のなみしぶき

雲取山《くもとりやま》登山日：二〇〇七年十一月十七～十八日

友愛す失せし短上衣《ヤッケ》や雲の取る

2-69

2-142

筆者の名山巡りの印象

名山は現世《げんせ》離れてゆくところ

筆者の思うところ（人生とは）

2-149

人生は高《たか》嶺《ね》頂《いただき》ゐるごとし

第二部

〔筆者の生活圏〕

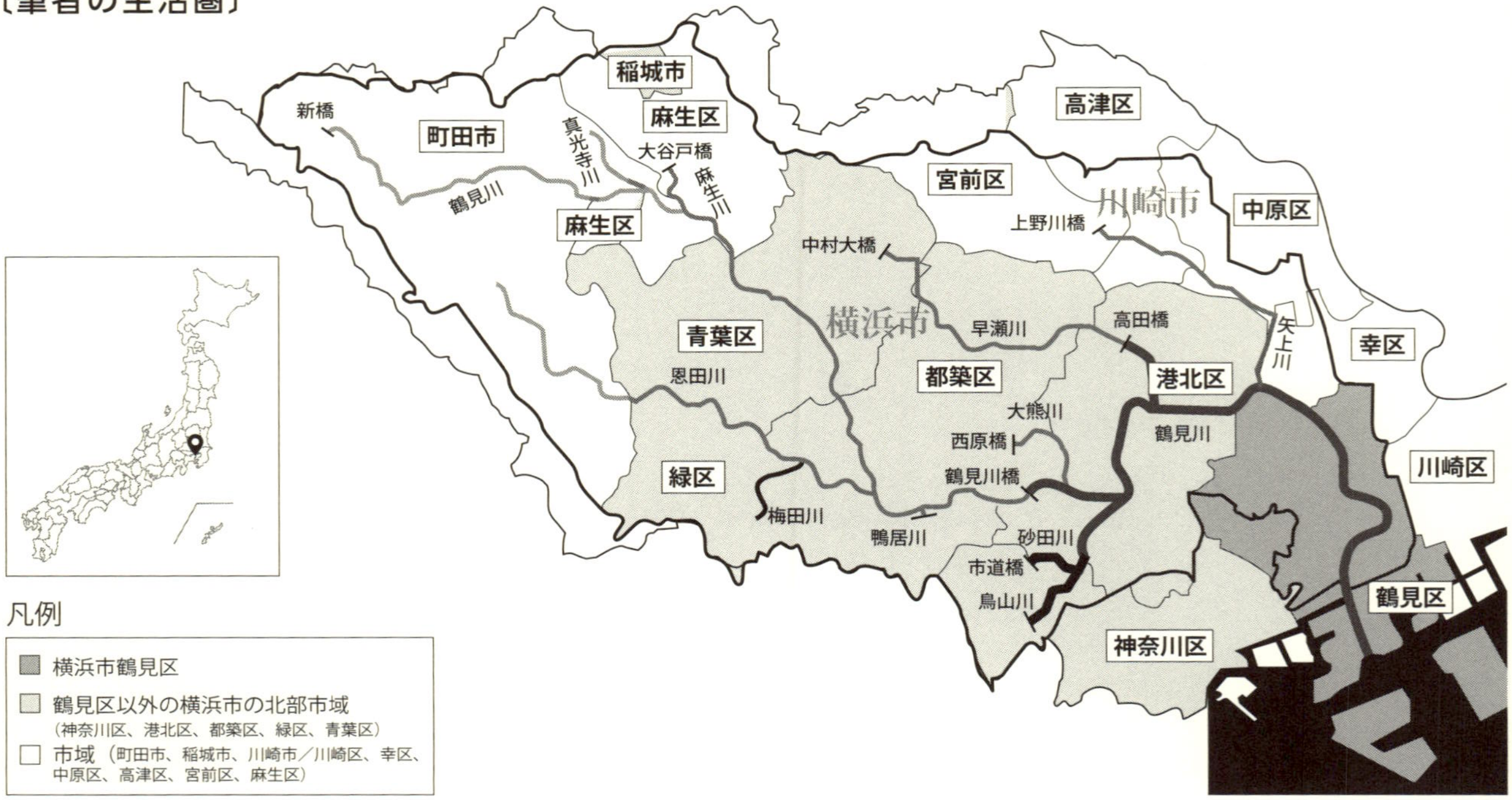

凡例

- ■ 横浜市鶴見区
- ■ 鶴見区以外の横浜市の北部市域（神奈川区、港北区、都筑区、緑区、青葉区）
- □ 市域（町田市、稲城市、川崎市／川崎区、幸区、中原区、高津区、宮前区、麻生区）

第二部

徒然《つれづれ》なるままに

春

1-3

袖ふれて桜《サクラ》を愛《め》でる阿呆がほ

1-20

手枕坂《てまくらざか》いらかみやりつ春うらら

1-25

がんがんと春突く電車新怪獣

1-29

バスは行く春の日差しを浴びながら

夏

1-4

鉄線花《クレマチス》生ひ茂りたる古城かな

1-6

夏あらし前庭《テラス》の娘《こ》らの裾照らす

1-8

ありがたや父の日とどく白き靴

1-9

働けどはたらけどまだ夏の果《はて》

1-10

眠れずに風が死ぬ夜《よ》にまつよあけ

1-11

寝おちするさかいめこせじ極暑《ごくしょ》かな

1-15

あきちかしどんでん返しの韓流かな

1-30

薔薇《ばら》めでる母に哀《かな》しや過去おぼろ

1-40

青鷺《あをさぎ》のごとくにこの世を眺めたし

秋

1-1

天落《お》つる十一鉄路の流れ星

1-2

転げ落ちくちにはさぢん割れ柘榴《ザクロ》

1-5

よちよちとずんぐり椋《むく》の土俵入り

1-12

野《の》分《わき》かなよすがなき身の蜘蛛のあみ

1-13

黄落《くわうらく》の丘に駆けだす孫ふたり

1-14

あきの夜のおぞましき夢二本だて

1-17

禅刹《ぜんさつ》のあきをつらぬく鐘の声

1-18

秋思《しゅうし》落ち夕陽にしづむ鶴見川

1-19

古寺やかねつきだうの雲《くも》の月

1-21

浜のあき麵麭《パン》薔薇《バラ》すずめ潮騒と

1-22

黄落《くわうらく》やそばめで過ぐる船溜まり

1-23

出船こそ持《も》てのけやまひ散る銀杏《いてふ》

1-26

秋入日《あきいりひ》十二《じふに》単《ひとへ》の薔薇はらり

1-27

大鯔《ぼら》跳ね大鷭《おおばん》ゆうら鶴見川

冬

1-7

なにゆゑかここに我ありかればせう

1-16

枯れ尾花涸《か》る、や四万十《しまんと》沈下橋《ちんかけう》

1-24

群れはなれ孤高の水鳥吾《われ》にたり

1-31
波にのり夕陽をくぐる緋鳥鴨《ヒドリガモ》

1-32
ぺちやくちやギヤ浮世ばなしの都鳥

1-35
をどりだす師走《しはす》の街や生演奏《ライブ》帰途《きと》

1-36
ビルの間《ま》にちびりと陽のさす寒露台《ろだい》

1-37

胸の泥すくへや凍晴《いてばれ》浚渫船《しゅんせつせん》

1-38

ひときても知らんぷりする都鳥

1-39

愛犬《ヒメ》にげる犬と子見るとふゆの夕

1-42

厳寒の夜更けに浮かぶ四句八句

1-43

寒き夜は愛犬《ヒメ》きて膝上《ひざうへ》さくりやむ

新年

1-44

五転び六起きにしかず去年《こぞ》今年《ことし》

無季

1-33
橋の音《ね》をのこすまもなし鶴見駅

1-41
汐合《しほあひ》をわすれくちゆく明治丸

1-34
横の浜はてに見せるや鶴の舞

1-28

データ社会過去はわかるが明日知らず

解説編

第一部　名山で俳句ing

2-12-1（解説）

富士山は静岡県と山梨県にまたがる日本の最高峰。その優美な風貌は日本の象徴として広く知られる。

森林、土、鳥、地形、地色、天気、気温、酸素、景色、風、雲、残雪、雨他のあらゆるもの（百景）が標高と共に変化する。

2-13-2（解説）

急ごうにも酸素が薄いので一歩が重い。

2-14-3（解説）

富士山名物、雨と雷の怖さ。山小屋の中に避難した人が、窓際にいたため、落雷が横から入り亡くなったと山小屋の人から聞く。雨が下から降って来るのは筆者も体験した。

2-15-4（解説）

剣ヶ峰は富士山の最高峰。頂は他にもある。

2-28（解説）

両神山は埼玉県の奥秩父山塊の北部にある霊峰。

登山中の安全を考えると、白井差の私有地コースをお勧めする。

2-68（解説）

筑波山は茨城県つくば市の北部に位置する。選んだ御幸ヶ原コースは比較的標高差があり、ケーブルカーに沿って登る。上り下り2台のケーブルカーがすれ違うポイント、男女川《みなのがわ》の源流が見所。

筑波山は女体山、男体山、筑波隠しより成る。

低山とバカにするが、大杉の根が登山道にうねり、短いが急な登りについあえぐ。だが蝦蟇の油を塗ればたちどころに。

蝦蟇の脂は行商人が客集め、お馴染みの口上を言い薬を売る。その口上のみが今に伝わる。

2-37（解説）

天城山は伊豆半島にあり、天城山脈の最高峰、貴重なブナの自然林が広がっている。

天城山の最高峰は万三郎岳、万二郎岳は背比べで負けた。負けても平然と隣に並んでいるのは立派。

2-75-1（解説）

江戸時代の侠客《きょうかく》国定忠治が残した名セリフ。赤城山がせっかく雪化粧していてもテント泊だけは嫌、さっさとさらば。

赤城山は一つの大きな火山帯の名称。群馬県の中央に位置する。赤城山の神が男体山の神を追い返した時に、神が流した血で赤く染まったという伝説がある。赤城山の最高峰は黒檜山（くろびさん）、駒ケ岳はその連山の一つ。

2-76-2（解説）

雪は静寂をもたらす。

2-74（解説）

大菩薩嶺は大菩薩峠の北にあり、山梨県に位置する。甲斐源氏の流れの新羅三郎義光が奥州遠征時、この辺りで道に迷った。軍神が化けた木こりが助け、その加護に感謝し、八幡大菩薩を唱えた、という言い伝えがある。

上とは、大菩薩嶺山頂のこと。中とは大菩薩峠のこと。大菩薩峠で見る富士山が美しく、すごく高く感じた。

2-90-1（解説）

焼岳は長野県と岐阜県にまたがり、飛騨山脈にある活火山。山頂からはわずかに白い蒸気が見える。近くにいた工事関係者の紛らわしい道案内に従ったばかりに、冬季閉鎖中の道をたどり人の気配の全く無い世界へ迷い込み、岐阜の国に至る。

2-91-2（解説）

間違って冬季閉鎖中の道を岐阜県に向かう、途中フェンス越しに、カモシカが驚き暴れ木立の下へ。

2-92-3（解説）
中の湯の登山口にたどり着くには初動こそ大事。聞く相手を間違うとこうなる。

2-93-4（解説）
硬雪の積もった原っぱ、雪の下に水路が通っていると踏み抜き、足をとられて、①雪の上に倒れる、②寒さで道端に倒れて死ぬ。

2-94-5（解説）
下堀沢は雪崩《なだれ》地形。焼岳の裾を雪のフレアーで隠してる。

2-95-6（解説）
「噴気上げ」と「息も上げ」は言葉の綾。噴気が上がり、筆者の息が上がる。

2-96-7（解説）
最高峰の南峰は崩れ易く、登山禁止。代わりに数多ある噴気孔を巡って北峰へ。

2-97-8（解説）
比較的安全な場所で、よく転倒する友。大柄のやさ男で身軽。筆者が滑落した崖を何事もなく下りた。

2-98-9（解説）

このコース、突然現れる5m高の雪の崖《がけ》、これを当時94kgの私が下る、これが二度続く。

2-99-10（解説）

崖も二度目、下山時には気付きにくい崖。飛び下りるか、落ちるか。

2-100-11（解説）

滑落し、トレッキングポール（杖）折り轟音と共に落下、笹原へ突入。

2-101-12（解説）

実は大きく破れたトレッキングパンツは帰宅後、気付いた。よく破れパンツで遠路を。

2-102-13（解説）

直行で新宿駅まで帰れたのに、とその事で心が奪われて、しばらく次の手が考えられず。

2-103-14（解説）

つらいことだが、バスで上高地、新島々駅、松本電鉄に乗り換え松本駅、特急あずさで新宿駅、の複雑なルートに。

2-150-1（解説）

会津磐梯山は福島県にあり、五色沼、雄大な風景、温泉などの恵みを宝の山と呼び唄った♪山の北側は裏磐梯と言って水蒸気爆発による山体崩壊（山崩れ）の跡の荒々しい姿を見せる。植生の回復は早く、今では風光明媚な観光地になっている。

猪苗代駅からタクシー。最短コース八方台登山口を勧められ、友が断る。山開きの日に古道の登山口、猪苗代スキー場に立つ。登山者は稀だが古道を下山に使う人は多い。

2-151-2（解説）

あの楽しいゲレンデが夏には試練に。それもスキーで滑り降りるのでなく、歩いて上がるのだ。もうここでギブアップしたかった。下着も汗で濡れてきたし。

2-152-3（解説）

人の居なくなった山頂を後に、下山を急ぐ、足の不自由そうな老人を追い抜く。抜き去るのは気が引けたが、彼は八方台登山口に下りる人。我らは川上登山口、このままでは日没に間に合わぬのでお先に御免。

2-77-4（解説）

落石が頻繁でまだ息づいているように、山容《さんよう》を少しずつ変えている。裏磐梯山。

2-78-5（解説）

今となっては昔の話。古磐梯は高かった。

2-79-6（解説）

櫛ヶ峰は危険がいっぱい。

2-70-1（解説）

安達太良山は福島県の中部に位置する。紅葉の名所。沼ノ平火口は荒々しい山肌に囲まれた月世界のような景色。

詩人高村幸太郎の詩集「智恵子抄」の中にある「あどけない空の話」の名文句。

今は東京の空と余り変わらない気がする。

2-71-2（解説）

安達太良山の別称、乳首山《ちちくびやま》から下り、爆裂火口を見に行った。1997年沼ノ平火口で登山者4人が火山性ガスで亡くなった。合掌

2-72-3（解説）

爆裂火口の様子。

2-73-4（解説）

牛の背は安達太良山の風の名所、常に強風が吹き付けるところ。牛の背に乗るのは、馬に乗るよりはるかに難しい。思った地点にたどり着けないのだ。

2-29（解説）

男体山は栃木県にあり、日光連山を代表する信仰の山で中禅寺湖の北側にそびえ立つ。

一回目、麓の日光二荒《ふたら》山神社《さんじんじゃ》でバスを下りたのが誤り、拝観したので大幅なロスタイム、四合目で時間切れ登頂断念、二回目、順調にスタートしたが、途中、恐ろしい栃木の雷が来襲。急ぎ下山し雨宿り、その時登山始めたばかりの人と知り合う、長話したが、その後彼と劔岳登山で再会しようとは。

2-50-12（解説）
男体山で激しい雷雨、雨宿りしていると見知らぬ人と意気投合、話し込む、その人と劔岳山頂でそれも同じパーティで再会するとは！

2-58-1（解説）
麓《ふもと》から山頂まで木立中。
皇海山は群馬県と栃木県境に位置する古い成層火山。北側は500m以上切れ落ちている。
上州武尊山は群馬県の北部に位置する上州の霊山。

2-59-2（解説）
マイヅルソウは粒々の白い花をいっぱいに咲かせる。

2-60-3（解説）
ヤマトタケルが穂高山（武尊山の元の名）の蝦夷《えみし》を平定し、武尊山と名付けたと言われる。前穂高岳は武尊山が成層火山だった頃、火口が崩落してできた峰の一つ。

2-61-4（解説）

中ノ岳から三ツ池《みっついけ》に夏まで残る大雪田《だいせつでん》は武尊の背に隠れているからだ。

2-62-5（解説）

特に鎖場の足場がとりにくい。大渋滞は仕方なし。

2-63-6（解説）

泥んこの登山道が終われば、ダケカンバの若葉が目を奪う。

2-80-1（解説）

蓼科山は長野県に位置する。八ヶ岳連峰の最北端。信州きっての名山。二重式火山なので岩だらけの山。ガスとは山岳の濃霧のこと、辺りが見えなくなる。それをぶ厚く塗りたくる蓼科山。

2-81-2（解説）

蓼科山からすずらん峠への下山途中に蛙石がある、「蛙」と「帰り道」は言葉の綾。

2-21（解説）

金峰山は山梨県と長野県にまたがり、奥秩父の盟主。金峰山山頂付近にある五丈岩、15mの高さがある。岩登りのベテランや身軽なら難なく登るけど。

2-126-1（解説）

燧ヶ岳は東北以北で最高峰、福島県会津地方にある火山。尾瀬を代表する山である。

燧岳の登山口についた瞬間、雨の予感。

2-127-2（解説）

広沢田代、熊沢田代湿原で一面ワタスゲの海、すげー！　花言葉通り清らかな気持ちになり、平泳ぎしたくなるのだ。「ワタスゲ」と「渡る」は言葉の綾。

2-128-3（解説）

悪天候のため、最高峰の柴安嵓《しばやすぐら》を渋々諦め、下山する。

2-129-4（解説）

燧ヶ岳の山頂の一つ俎嵓で急に雨が降りだした。ここで降られては身の隠し所がなく下山しかない。

2-130-5（解説）

「撫で捨て」と「ナデッ窪」は言葉の綾。撫で捨てとは、いたわり、そーっと捨てること。傘に落雷が一番怖かった。雷さまが頭上でお怒りの様子（バリバリバリと雷鳴）なので、傘を撫《な》で捨て石ゴロの窪地（ナデッ窪）にしゃがみ込む、このロスタイムが響き予約していた山小屋をキャンセルする羽目に。

2-131-6（解説）

長時間、ナデッ窪でしゃがんでいたのとゴーロ（大小の石が積まれた場所）で足をとられ、休憩所までに足が棒になった。ビールが水のように感じられた。

2-132-7（解説）

休憩所の所長が山小屋の関係者でラッキー、今夜の宿決まる。休憩所を閉め一緒に出たが、重い荷を背負っているのに足が速い。途中見送りし、後追いすることに。

いかにもいかにもは、ぜひともの意味。

2-133-8（解説）

尾瀬ヶ原を東西にフルに横断することになった。強い日射しが力を奪う、ワタスゲとレンゲツツジが目を奪う。ふたまたぎなんて誰か言った？

2-134-9（解説）

暑い日陰の無い沸騰しそうな日和には、木道と池塘で簾《すだれ》を編んだ日陰がほしい。

2-140-10（解説）

尾瀬ヶ原を横断し山の鼻まで道のりは長かった。象の鼻、いや山の鼻も長いのだ。

2-141-11（解説）

「鷽（うそ、鳥）」と「嘘（うそ）」、「鳴く」と「泣く」、「鳩待」と「待つ」の掛け言葉。

どこかで鷽が泣いている、人の嘘に泣かされ、鳩待峠までやって来たのに、誰が待っていると言うのか。

鳩待峠は至仏山《しぶつやま》・尾瀬ヶ原の西の入り口。

2-82-1（解説）

常念岳は長野県にあり、飛騨山脈南部の常念山脈の中央部のピラミッド型の山容をもつ。

常念岳が泣いている、涙が雪解け水と混ざり、ざあざあと流れゆく。

「涙そうそう」とは、沖縄の言葉。涙がぽろぽろとこぼれ落ちる、を意味する。この方言を使ってヒットした流行歌があった。

2-83-2（解説）

山小屋から山頂への道はガレ場（岩屑が積もった場所）、突風とガス（濃霧）がうず巻き、この身を飛ばそうとする。なぜそんなことをこの山は「常に念じる」のか？

2-84-3（解説）

暴風雨に燕岳《つばくろだけ》への縦走をやむなく断念、「常念（修験の常念坊が登った山）」と「無念（くやしくてたまらない）」は言葉の綾。

2-38-1（解説）

三方岩岳は石川県と岐阜県にまたがる両白山地の北部に位置する。3つの大岩壁が織り成す。山は力強く堂々としている。

白山は富山県、福井県、石川県、岐阜県にまたがる成層活火山。信仰登宗の長い歴史をもつ。一年は大半を雪で覆われるので白山と呼ばれた。山の周辺は、中生代ジュラ紀の地層で、恐竜の化石の出生地。アサギマダラの飛び回る様に心奪われる。これから2000㎞近く飛んで行くのか。ご苦労様。

2-39-2（解説）

御前峰（白山の最高峰）付近には、火砕流が散らした池がある。いずれも個性的で、何と耽美的なものか。

2-143-3（解説）

緑玉とはエメラルドグリーン、静寂なるエメラルドグリーンの白山・紺屋ヶ池《こんやがいけ》が半分くらい氷雪が覆っている、静寂に浸りたいのに、人のボソボソ声がぶち壊す。

2-144-4（解説）

最高峰御前峰《ごぜんがみね》の直下に白山室堂平はある。クロユリは日本の高山帯の草場に生える。花言葉は呪い、復讐。

室堂平はクロユリ（復讐心）だらけ。筆者の復讐心を全部そこで捨てることにした。

岳人にとっては、近くに白山比咩《ひめ》神社奥宮祈祷殿のご威光があるので、心強い。

2-145-5（解説）

だいたい見て言えたら山の達人。毛勝三山、白馬岳、劔岳、立山、薬師岳、水晶岳、槍ヶ岳、奥穂高岳、乗鞍岳、御嶽山など。北アルプスが一望。

2-146-6（解説）

白水湖は白山国立公園にある、神秘的なエメラルドグリーンの人造湖。それを隠すようにイブキトラノオの白い穂が風に揺れていた。

2-147-7（解説）

終始、友の奥さまが四人組をリードする。ゆっくりと同じ歩幅を守り、休憩は短い、山歩きのベテランだと思った。

2-16（解説）

甲斐駒ヶ岳は山梨県と長野県にまたがる山。

駒津峰《こまつみね》から山頂まではカンカン照りにさらされ日陰なし。今朝、寝過ごし、取り返そうと急登を焦り急いだ結果、バテバテの敗残者に。汗は出せるだけ出し、疲労困憊《こんぱい》。

白い砂れきの道を通って真っ白な花崗岩と緑のハイマツの山頂に至る。この世のものとは思えない景色。一度は登りたい山。下山時に通った仙水峠は日本の岩塊斜面の代表。こんな急な斜面は一度も登りたくない。

2-85-1（解説）

塩見岳は長野県と静岡県にまたがり、赤石山脈中央部に位置する。鳥倉登山口から山頂に立つまでのアプローチは、嫌になるほど長い。「三伏」と「一服（休憩）」は言葉の綾。夏バテなんだから十服はするでしょう。

2-86-2（解説）

先行した友を追うが、人気《ひとけ》の無い岩山で、山小屋がすぐ近くなのに道標がなく迷い、思わず友の名を叫び続け、岩でふて寝。

2-87-3（解説）

山小屋で出会った名山巡り中の夫婦の、自分達の目の前で起きた塩見岳単独滑落事故。山頂近くの急斜面のザレ場（砂れき地）で起きた。山岳部のリーダーで逞《たくま》しい人だったとのこと。

2-17-1（解説）

伊吹山は滋賀県にあり、豪雪（1927年11m82cm積雪の記録はギネス登録）、薬草、さざれ石で有名。
漆黒にキラキラ氷が光る雲が山頂に台風のごとき雨烈風をもたらした。誰も虎の尾を踏んでないのに。イブキトラノオは、伊吹山に多く見られるので名付けられた。長い花茎の先に、白か淡紅色の小さい花穂が虎の尾のように真っ直ぐつく。

2-18-2（解説）

台風のような雨と風、ギリギリに間に合い、伊吹山頂の山小屋に飛び込む。天国の花の楽園から一変、山小屋を揺るがす、地獄のような突風と豪雨。そうだ、天国と地獄はこの世にあると確信した。

2-30（解説）

奥穂高岳は長野県と岐阜県にまたがる穂高連峰の盟主、日本第三位の高峰であり、長野県と岐阜県の最高峰。堂々とした大きな山容が人気。山陵は硬いひん岩の破片に覆われ、岩屑の堆積した山。涸沢岳は長野県と岐阜県にまたがる山。涸沢テント場から見て穂高連峰の中で一番姿が美しい（三角錐の山）。

ガイドが、ここは岩屑を落としやすいのでと注意するごとに、すかさず落とすご婦人が仲間にいた。その度ごとに、らーく!!（落石、注意して）ガイドの大声が響く。

2-124（解説）

上高地は標高1500mにある信州を代表する景勝地。道は歩きやすく、雄大な穂高連峰、野の花、鳥のさえずり、路傍の木々、威嚇してくる猿の集団、木立をせわしなく動くリス、河童橋、梓川、大正池、明神池、徳沢と見所いっぱい。

山の神々は上高地に集まる、そんな雰囲気の聖域に思える。

2-7-1（解説）

槍ヶ岳は長野県と岐阜県にまたがり、日本で5番目に高い山、鋭角に天を突く岩峰が目立つ。高度が高い秋雲を突き刺すほど槍ヶ岳の高く、鋭い穂先。

2-8-2（解説）

大喰岳は槍ヶ岳と穂高連峰の間にあり、動物たちが草木をよく食べていたから名付けられた。見事なコバイケイソウの群生が開花（当たり年）していた。4~5年ごとに当たり年とか。

2-9-3（解説）

槍ヶ岳の山頂スペースはわずか六畳一間分、廻りは崖。そんな所に家を建てて、住みたいか。

2-10-4（解説）

槍ヶ岳下山中、つづら折れの急降下道で事故は起きた。奇跡的に軽症で済んだが、友はそれよりトレッキングポール（杖）の損傷に悩む。

2-11-5（解説）

播隆窟は槍ヶ岳を開山した播隆上人が籠り念仏（南無阿弥陀仏）を唱えた岩窟。

2-31-1（解説）

北岳は山梨県にあり、南アルプスの北部にある日本第二位の高峰。雪渓、お花畑、絶好の展望で人気の山。

間ノ岳は北岳と農鳥岳の間にあるからその名が付いた。その間の稜線散歩は天空を歩くよう。間ノ岳は日本第三位の高峰、奥穂高岳と同じ標高。

道中にある山小屋で鑑賞した、雪を被せ時期遅れに咲かしたキタダケソウ花一輪。ここだけに咲く珍しい花。6月中旬が本来の花の盛り。

2-32-2（解説）北岳から間ノ岳に至る縦走路。天気に恵まれるとこれ程楽しい道はない。

2-33-3（解説）北岳でライチョウ（鳥）、チョウゲンボウ（鳥）、及びオコジョ（名ハンターの小動物、胴長短足）、どれかに遭遇できればラッキー。

2-34-4（解説）絶壁際なら神秘的なイワギキョウが見られる。イワギキョウ本来の美しさ、可憐さがそこにはある。

2-40-1（解説）立山は富山県の飛騨山脈北部に位置し、立山連峰と後立山連峰との複列連峰。主峰は雄山、最高峰は大汝山。立山連峰の立山三山とは、別山、浄土山、立山のこと。内蔵助カールは日本最小の氷河で、一般登山者が足を踏み入れ可能な唯一の氷河。雄山山頂には雄山神社峰本社神殿がある。

劔岳は富山県にあり、飛騨山脈北部の立山連峰に位置する日本アルプスの名にふさわしい岩峰。山頂で奈良時代のものと思われる槍の穂、錫杖、古い焚き火跡が発見され驚かされた。
雄山のお祓い堂のご利益はこの後の劔岳登山で十分受けた。

2-125-2（解説）
立山の主峰、雄山（おやま）山頂にある雲上のお祓い堂。
神に近く、神の声か神職の声か分からなくなる。

2-41-3（解説）
大汝山は立山の最高峰。縦走路の傍にあるため、また縦走路自体の標高が高いため、うっかりすると見逃しそう。

2-42-4（解説）
2018年認定の内蔵助氷河のあるところ。イワギキョウの見処。

2-43-5（解説）
嫌というほど急登が続き、とどめが別山の急登。

2-44-6（解説）
劔岳には絶対登れないような岩の壁にも、ちゃんと道が用意されている。

2-45-7（解説）

筆者自身への劔岳登山の戒め。前夜、隣の人にイビキで先行された。それがまた轟音なので一睡もできなかった。なぜ誰よりも先に寝なかったのか。

2-46-8（解説）

「百服」と「一服」は言葉の綾。一服劔とは劔岳・剣山荘から前劔への登山道の間にあるゴーロの峰。ゴーロは大小の岩が折り重なっている場所で、筆者と一緒に百服しよう。

2-47-9（解説）

前劔を下りると、峡谷に天国と地獄を分けるような簡素な、狭い橋（猿梯子）があった。雨天や強風時にはどうするのだろう。

2-48-10（解説）

三点支持は岩登りの基本、常に手足の三本で体を支えもう一本で移動すること。カニノタテバイは劔岳の難所の一つ。

2-49-11（解説）

劔岳山頂は周りが高山ばかりなのでそう高度感はない。ただ富山湾が眼下に従っているように見える。

2-51-13（解説）

カニノヨコバイは劔岳の難所の一つ。通る前にカツを入れる。足場を安定させる為、垂直を保つのが大事。そのためには身を岩の壁から離すことになる。

2-52-14（解説）

疲れはてた我が身を支えるため腰にザイルを巻き付け、添乗員に繋がれて下りる様は実にみっともない。94kgの体重と前夜の睡眠不足、縦走で溜め込んだ疲れのためか。

2-53-15（解説）

緊急避難として一人、前日泊まった山小屋に留め置かれる、誠に面目ない。

2-54-16（解説）
翌早朝、仲間に追い付きたい一心で劔澤を満月のもとで出発し、劔御前《つるぎごぜん》に着く。

2-55-17（解説）
剣御前から雷鳥沢まで、ガレ場のつづら折れ急斜面には苦労した。さあ、頑張ろうとしても、くじけてしまう。りんどう池も通過。

2-56-18（解説）
昨日の疲れが残り、思ったように歩けない。筆者が体重オーバーだからいけないいんだ。

2-57-19（解説）
汗まみれで予定表にあったトロリーバスに乗る時刻ギリギリに到着、奇跡的に、まさに改札中の仲間と偶然にも再会できた。

2-104-1（解説）
剣山は徳島県にあり西日本第二位の高峰。別名太郎笈《たろうぎゅう》。修験道の山。石鎚山は愛媛県にあり、西日本の最高峰。修験道と長大な鎖場で有名。大山は鳥取県にあり、中国地方の最高峰。大山の最高峰は剣ヶ峰だが、途中の縦走路が崩れ易く通行止めになっている。夏山コースは初級者向けではあるが、変化に富んだ登山道が好きな筆者には我慢を強いられた。

2-105-2（解説）

剣山の頂上はミヤマクマザサの群生でどこまでも広く覆われていた。

剣山はかつて鶴亀山と呼ばれた。鶴と亀の岩がある。本当にソロモンアークがあるのかな？

2-106-3（解説）

石鎚山は第二ベンチで観るのがお勧め。

2-107-4（解説）

脇目は横目、鎖場を避けて脇道を登る。リスクは極力下げるのが筆者の登山の考え。弥山は石鎚山の主峰。

2-108-5（解説）

天狗岳は石鎚山の最高峰。弥山の峰続きにある。狭く切り立った岩の道の先。

2-109-6（解説）

大山の夏山コースはほとんどつづら折れの連続、大山町名産のブロッコリーに似て。

2-110-7（解説）

六合目まで登ると、急に展望が開けて気分も晴れた。ふと関係ない麻雀の点棒の奪い合いに狂った若い頃を思い起こした。失礼。

2-111-8（解説）

頂上には、横長に長い段々があり、二度もごろ寝してしまった。「寝そべり」と「ごろ寝」は言葉の綾。

2-112-9（解説）

つづら折れの下山道、足は水車のようにガクガク、目は風車のようにグルグル。

2-35-1（解説）

白馬岳は長野県と富山県にまたがり、北アルプスで槍ヶ岳と人気を二分する。大雪渓とお花畑が有名。

らーくは落石のこと。ヒュンヒュンと空中を飛んでくることもある、当たると相当危険なもの。落石跡を踏み行く。

2-36-2（解説）

シーズン終了間近、白馬岳の登山口に近い山小屋は宿泊客筆者一人だけ。激流の轟音がうるさくて眠れないのも一人っきり。

2-113-1（解説）

美ヶ原は八ケ岳中信高原国定公園の北西部にある。北アルプスの展望台。東西5㎞にわたる標高2000m、日本一広大な高原台地。霧ヶ峰は諏訪市にあり、主峰車山《くるまやま》から噴出した溶岩でできた広大な高原。

孫（当時、小一男児）と一緒に美ヶ原、霧ヶ峰の山旅。孫はいたずら好きで利発。相変わらず天気に恵まれなかったが、楽しい気ままな旅ができた。

2-114-2（解説）

山のてっぺんが、めちゃくちゃ広い草原。青野とは夏草が茂る草いきれのするような草原のこと。

2-115-3（解説）

水溜まりを飛び越しているうちに持っていた大事なものを失くした。

2-116-4（解説）

落としたと言って草いきれするような草原を一人で駆けだす。

2-117-5（解説）

豆粒のように見えた孫が戻ってきた。

2-118-6（解説）

失くしもの（マスコット）を取り戻し、孫ニッコリ。

2-119-7（解説）

広い高原の濃霧時には、鐘が鳴り灯台の役目をすると言う。

2-120-8（解説）

ホテルルートをたどると王ヶ塔（美ヶ原の主峰）は霧の大草原の奥隅《おくすみ》にあった。

2-121-9（解説）

トボトボ足も雨も重く感じる戻り道、また雨（戻り梅雨）か。「戻り梅雨」と「戻り道」は掛け言葉。

2-122-10（解説）　リフトが動き出すまで、何時間でも車の中で待っていた。

2-123-11（解説）　訪れた日の印象。車山そのものが動きそうな烈風。

2-64-1（解説）　丹沢山は神奈川県の丹沢山地、丹沢主脈に位置する。最高峰は蛭ヶ岳。大鹿が立派な角で立ちはだかると立ち止まる筆者、にらみ合いの末、相手が道を開けてくれた。
6～8月はヤマビルの最盛期、高温の雨中、雨後に活発化。多少の隙間があれば、ズボン、靴、くつ下などへ次々に入り込み血だらけに。

2-65-2（解説）　秋の野を、八貫（30kg）も背負って山小屋へ荷揚げする人が到着した。

2-66-3（解説）　緑野の緑いっぱいのところに野苺の赤をみつけた。竜ヶ馬場は塔ノ岳と丹沢山の間にある小ピーク。

2-67-4（解説）

丹沢山から蛭ヶ岳へ向かう。そういえば着いたのは11時40分の昼、「昼」と「蛭」は掛け言葉。

2-22-1（解説）

御嶽山は長野県と岐阜県にまたがり哀調を帯びた木曽節に歌われた霊峰、中には白衣の御嶽講の人達が登山者に混じる。ご託宣は神（御嶽教）のお告げのこと、鶴が運んできたのか。

2-23-2（解説）

ガスとは山岳で発生する煙霧のことで辺りが見えなくなる。単身赴任先で装備が不十分、軽装で出てきた罰を受けたのだ。

2-24-3（解説）

山頂が近づくにつれ、雨、風、雹及び濃いガスに悩まされた。突風になぎ倒され、ガスで見通しがきかず進退極まった。その時、どこからかタンタンタンとエンジン音が聞こえてきた。フラフラと近寄ると目指す山小屋だった。御嶽頂上山荘（現在は撤去されて存在しない）のドラム缶の風呂を特別に配慮してもらった。何とかあの世から生き返ってホッとした。

「甦る」と「黄泉帰る」は掛け言葉。

2-148-4（解説）

私が登った5年後の2014年9月27日、突然水蒸気爆発（63人が犠牲に）、かつて泊った御嶽頂上山荘にいたほとんどの人が筆者の見たヘルメットをかぶり黒沢口へ無事避難と聞く、不幸中の幸いでしかない。合掌

2-25（解説）

谷川岳は群馬県と新潟県にまたがる上越国境にある山、特に一ノ倉沢周辺の岩場は遭難事故が多い。

谷川岳にはトマの耳（薬師岳）、オキの耳（谷川富士）がある、オキの耳の方が標高が高い、「トマ（手前）の耳」、「オキ（奥）の耳」「耳寄り話」、「澄ます耳」は言葉の綾。

谷川岳は噂話の花盛り、耳澄ましても風の音しか聞こえないのだが。

2-88-1（解説）

乗鞍岳は長野県と岐阜県にまたがり、飛騨山脈南部に位置する。主峰剣ヶ峰など23の峰を従え、広大な裾野をもつ。標高2702mの畳平《たたみだいら》までバスで行ける。

2-89-2（解説）

乗鞍岳山頂は風が強くイワヒバリさえ風に自由に飛ばせてもらえない。思うようにならないものだ。好物のハイマツの実じゃないか。①ホシガラスさんよ、②欲しがらずとは。

2-19-1（解説）

赤岳は長野県と山梨県にまたがる八ヶ岳連峰の最高峰。

2-20-2（解説）

赤岳は山頂付近が急角度の岩壁で登り下りが難しい。山小屋と思えぬ豪華さ。こんな山旅はいいね。今では豪華な設備、食事の山小屋が増えて来ている。

2-1-1（解説）

鳳凰三山（地蔵ヶ岳《じぞうがたけ》、観音ヶ嶽《かんのんがだけ》、薬師ヶ岳《やくしがだけ》）は山梨県にある。夜叉神峠登山口から約1時間の夜叉神峠からは南アルプスの北岳、間ノ岳、農鳥岳が一望できる。夜中に目覚めた。そこにあったのは経験したことのない漆黒、黒光りするようで、透明感のある真っ暗な世界。不気味だったがそれが妙に美しいようにも思えた。

2-2-2（解説）

サルオガセがカラマツの枝に垂れ下がる、それが恐竜かっ歩の太古を想起させる。

2-3-3（解説）

花崗岩の白い山肌の薬師ヶ岳、首飾り（首輪）がよく似合っている。

2-4-4（解説）

雉撃ちは山言葉で、野天での排便。下痢気味で斜面を急降下した振動が刺激に。なお女性の場合は、お花摘みと言う。オベリスクは鳳凰三山の地蔵ヶ岳にある巨岩、地蔵岩がオベリスクと呼ばれている。

2-5-5（解説）

「散々な目（に）」と「三山目（に）」の掛け言葉。大勢の登山客が押し寄せ、寝るスペースすらなくなり、散々な目に、と鳳凰三山の三山目。

山小屋は観音ケ岳と御座石鉱泉（登山口）の間にある。

2-6-6（解説）

地蔵ヶ岳から山小屋へさらに下山すると小ピーク、燕頭山《つばくろあたまやま》がある、そこにある花の園。薊ばなとは、センジョウアザミの花のこと。

2-26（解説）

木曽駒ヶ岳は長野県にあり、中央アルプスの最高峰、ロープウェイで標高2612mの千畳敷まで上がれるのがミソ。八丁坂の急勾配には参るが。

木曽駒ヶ岳大量遭難事故のこと、大正2年8月26〜27日、低気圧が台風に変わったとは知らず、また他にも悪条件が重なり教員・生徒38人が遭難し、内11人が将棊頭山《しょうぎかしらやま》付近で命を落とした。合掌

2-27（解説）瑞牆山は山梨県にあり、奥秩父の主脈の一つ。全山花崗岩の岩峰。天鳥川《あまとりがわ》を登山道は横切っている。
筆者が進路を示すロープを見逃し、バランス崩し転倒したつまらぬ話。

2-69（解説）雲取山は東京都の最高峰であり、埼玉県の三峰山の最高峰でもある。
下山時には、甲州側の三条ノ湯を通った。
登山中の御夫人（日帰り）にヤッケの話をしたら下山時拾って警察に届けてもらった、我が友になりかわりお礼申し上げたい。

2-142（解説）名山は現実社会から逃れたい者が集う場所、そんな気がした。

2-149（解説）ヒトの死後分解が進み、クォーク、ニュートリノ、レプトン等の素粒子が残る。その時、ヒッグス場と相互作用し質量をもつ素粒子は、地球の引力圏内に残る。一方意識はヒッグス場の影響を受けないため、我々の四次元宇宙を離れ、異次元の意識の海に蓄積されている。その意識の海に妊娠したという指示が母体から意識の海へ出て、因縁あるいは無差別に抽出された意識が動き、地球の引力圏内にある脳、DNAを構成する素粒子と結合する。あとは量子力学上の作用をして物質の素を構成し、険しい道程（山登り＝妊娠、出産）を経て高嶺の頂に生まれる。

そこは厳しい環境下で天国と地獄がある。長居は出来ない。あっという間に壊れ老い、死を迎える。

ヒトが下山を終え死ぬと同時に量子力学上の作用が崩れバラバラに分解され素粒子が残り、意識だけ意識の海に沈んでゆく。このサイクルを繰り返す。

もちろん山頂（生存中）でも高山病、その他の病、災害、山頂の縁《ふち》からの滑落、意識異常者による大小の事件（戦争含む）、偶発的な事故（交通事故含む）、登山中の事故、自殺等で死ぬが死後の行程は同じ。意識の海での沈み方は蓄積された意識のレベルによって違いが出るが、再び生まれる過程に於いては因縁あるいは無差別に、意識、脳、DNA

の組み合わせが行われる。

サル、イヌ、クマ等の種の違いは、それぞれの母体からの妊娠の指示（ダークエネルギー等を使用）が異なるので、指示を受けとる意識側に種の混乱は起きない。

釈迦のように、このサイクルを嫌い、意識の海の底の洞窟に身を潜める方法を研究する人もいた。

そんなことを潜在的に意識して、筆者は高嶺の頂に挑戦していたのでは、と今では思う（持論推論）。

第二部　徒然《つれづれ》なるままに

春

1-3（解説）　お花見の最盛期には見事に咲き誇る桜を放心したような阿呆顔で鑑賞する多くの人混みがあった。

1-20（解説）　手枕坂を下ると見えるのが、総持寺の大伽藍の甍《いらか》の淡緑、今日は春の日が麗しくなごやかに照って、全てのものが輝いて見える。

1-25（解説）　淵をガンガンと騒音立てて電車が渡っていく春。そこに新怪獣が現れて。

1-29（解説）

（筆者の中学生頃の作品）ローカルの機関誌に掲載された、イメージは円山川（兵庫県豊岡市）のゆったりした流れの土手の上をガタゴト揺れてのんびり走るバスが春の柔らかな陽を浴びている。

夏

1-4（解説）友の家の庭に咲くクレマチスの写真をみて発句せよとの要望があり、一句発した。①ああ、クレマチスが生い茂っているよ、友の庭は。②誰が植えたか、クレマチスが繁茂する古城、どこの城かは想像してみて、と返事した。

1-6（解説）テラスと照らすは言葉の綾。山下公園のレストランは、その日風が強く、テラス席にいたお嬢さん達のスカートの裾が舞っているのがまばゆい。

1-8（解説）嬉しいな、次女から届いた真白なウォーキングシューズ。そうだ、今日は父の日なんだ。

1-9（解説）　働きっぱなしできたけど、まだ夏がやっと終わりになっただけだ。

1-10（解説）　私の人生5回目の大手術は胸部大動脈瘤の切除置換だった。人工心肺装置を使う大手術。術後の2023年8月～2024年1月の間、深刻な不眠症を患った。

1-11（解説）　この上なく暑い、寝るが覚醒と睡眠の境を越せない。

1-15（解説）　「秋近し」と「飽き近し」の掛け言葉。韓流時代劇を観て思うこと。最近はどんでん返しが減っているようだ。

1-30（解説）　軽い認知症の母に過去のことは闇の中、覚えていることもありドキッとさせられるが。

1-40 （解説）

アオサギは神さまの使い、忍耐と知性の象徴、幸福を呼ぶ鳥、辛抱強く努力するイメージ。

秋

1-1（解説）

天が落ちてきたのか、覗き見下ろすJRと京急の11本の線路を通過する電車が流れ星にみえる。流れ星（電車）の中で営まれる一人一人の人生が、あっという間に通過してゆくようにも思える。

1-2（解説）

術後、足腰が弱っているのにリハビリと称してハードな散歩をしていた。コンクリートの急斜面で足もつれ、アスファルトの道に激突。砂れきが口に混じり、顔にはアザが数ヶ所、唇は裂け、まるで阿呆みたいな失態をした。

割れ柘榴の隠語：だらしなく口を空けた阿呆。

1-5（解説）「ずんぐり椋」と「ずんぐりむっくり」は言葉の綾。山下公園バラ園と芝生で、ずんぐり太ったムクドリが舞い降りてヨチヨチと土俵入り。

1-12（解説）台風を前にして、頼る相手も無く、手も足も出ない蜘蛛の網、また張ればいいんだけど。人生に立ちはだかる失敗や災難も同じ、また頑張ればいいや。

1-13（解説）人生の終焉が近い筆者が、丘に駆け上がる人生これからの孫達を目を細め眺めている。

1-14（解説）怖い夢を見た、それも二本立てで。二本立てとは、異なるタイトルの映画を二本連続に上映すること。

1-17（解説）

総持寺（横浜市鶴見区の曹洞宗大本山）の鐘の音は響き渡り、秋を突き抜けるようだ。

1-18（解説）

「落ち（しずむ）」「しずむ」の言葉のハーモニー。
秋の物憂さに落ちしずみ、鶴見川が日暮れの闇に沈んで行くのを見る。

1-19（解説）

「鐘撞き」と「金尽き」、「雲の月」と「運の尽き」の掛け言葉。
秋の古寺は長い歴史がある、一方で鐘撞堂の上の月に雲が掛かっている、お寺が参拝者にご利益《りやく》、商売繁盛、慈悲を尽くし、お金が尽き、運が尽き、檀家も減った、長い歴史の中の一瞬のできごとなんだけどね。

1-21（解説）

横浜・山下公園の秋、人がまくパン屑に薔薇の陰より群れ集まる雀たち、そして寄せては返す波の音が。

1-22（解説）イチョウが黄色になり落ちる人生の終焉《しゅうえん》を思わせる中で、老人が横目で通りすぎる防波堤に囲まれた奥にある小船の係留地。

1-23（解説）出船よどうか筆者の病を持って行ってくれ。秋の銀杏の黄色の葉が散り終わるまでに。

1-26（解説）秋は空気が澄み、夕焼けが美しい、薔薇が十二単（平安中期の成人女性の正装のような重ね着）のバラの花を散らしている。どんな美人でもいつかは散るのだ。

1-27（解説）大鶴は渡り鳥だが留鳥も多い。秋の日常的な鶴見川の風景。大鯔が川面を跳ねだす、その波が大鶴をゆらす、のどかな鶴見川。

冬

1-7（解説）　命とは、人生とは何か？　どう生きたら良かった？　晩年になって静かに思う。もう長年の風雨にさらされ、ズタズタになった芭蕉の葉のようになってしまった。なにより俳聖松尾芭蕉の域には程遠いし。

1-16（解説）　テレビニュースで四万十川が水枯れで沈下橋観光に影響が出ているとの報道あり。

1-24（解説）　「似たり」と「ニタリ」と笑むの掛け言葉。
仲間から離れ浮く一羽の水鳥を見ていると、筆者に似ているとニタリ。

1-31（解説）　冬の波に乗り、夕陽を潜《くぐ》るヒドリガモ、遊んでいるのか、休んでいるのか。

1-32（解説）横に並んでユリカモメがペチャクチャたまにギャーと世間話に夢中。

1-35（解説）ライブからの帰り道は、年末のあわただしい街や喧騒《けんそう》が踊っているように見える。

1-36（解説）露台はベランダのこと。寒々とした中に、ちょこっと温かい団らんが浮かび来る。

1-37（解説）凍てつくような晴れ空に、たまった我が胸のヘドロも掬ってくれよな浚渫船。

1-38（解説）近づき過ぎると警戒して飛び立つユリカモメだが。

1-39（解説）冬の夕方の散歩、愛犬ヒメが突然遠巻きに逃げる、苦手な犬と人間の子供見つけ。なので、犬を介した親しい人がつくれない。

1-42（解説）「八句」と「発句《ほっく》」は言葉の綾。
夜中に絞り出す俳句の幾つか。

1-43（解説）さくり（しゃっくり）は愛犬ヒメが寝てる我が身の膝上にのれば止む
（持論）。

新年

1-44（解説）70歳になってから、続けて異なる大手術を受けた（3年半で五回）。

そういう状況で発句したもの。

無季

1-33（解説）東京方面から鶴見駅に向かうとき、鶴見川の鉄橋をわたるとすぐ。

1-41（解説）過去、潮流がもみ合う中で活躍したことも忘れ、鶴見川河口に係留されたまま放置され、一線から退いている船。

1-34（解説）横浜市鶴見区を表現した。鶴見のいわれについて一説あり。かつて源頼朝が金の短冊をつけて放った鶴が、この地に住みついた。後にその鶴を見物する人が絶えず、鶴見と呼ばれるようになったとか。

1-28（解説）過去をいくら調べても、明日何が起こるか誰もわからない。参考にはなるが。

おわりに

私は五回の大手術から現在までに五回の単独転倒事故を経験した。中には転倒により酷く怪我した際に生まれた俳句がある。探してみてほしい。幸い全て前倒ばかりで大事に至ってないけど。

というわけで、おまけの時間は思ったより厳しい。名山を歩き回った頃、体重は九十四kgあったが、今は七〇kg。特に変わったのは太股。今は情けないほど痩せてしまった。脳は前のように指示を出すが、足は指示通り動かない。くっそー、また転倒か。本書も読者の皆さんに賛同を得られず転倒するかも知れない。どうやら厳しい試練が待ち構えているような気がする。

なお、本書の刊行に関し、幻冬舎ルネッサンス編集部前田惇史、企画編集部中本瑛士両氏には、大変お世話になった。また病中、病後に全面的に協力を惜しまない家族、特に貴重な臓器提供に応じてくれた妻へ、この場を借りて感謝したい。

また、登山仲間の一人が病気により早逝されたことにお悔やみ申し上げる。

二〇二四年七月二四日　鶴見泰山

〈著者紹介〉

鶴見泰山（つるみ たいざん）

1950年兵庫県豊岡市生まれ。本名・小《こ》谷《たに》正《まさ》廣《ひろ》。関西大学商学部卒業。興和株式会社退職後、関大校友会神奈川支部長を努めた。趣味は旅行、歴史探訪、ウォーキング、登山、囲碁、俳句（独学）、本格的に取り組んだのは闘病。

路傍《ろぼう》の木々《きぎ》　俳句集《はいくしゅう》

2024年12月20日　第1刷発行

著　者　　鶴見泰山
発行人　　久保田貴幸

発行元　　株式会社 幻冬舎メディアコンサルティング
〒151-0051　東京都渋谷区千駄ヶ谷4-9-7
電話　03-5411-6440（編集）

発売元　　株式会社 幻冬舎
〒151-0051　東京都渋谷区千駄ヶ谷4-9-7
電話　03-5411-6222（営業）

印刷・製本　中央精版印刷株式会社
装　丁　　村上次郎

検印廃止

Printed in Japan
ISBN 978-4-344-69200-8 C0092
幻冬舎メディアコンサルティングＨＰ
https://www.gentosha-mc.com/